Tascabili Peanuts 9

based on the Milano Libri edition
of «Come ti pare, Charlie Brown!»

3ª edizione

Printed by Baldini&Castoldi

ISBN 88-8089-422-6

CHARLES M. SCHULZ

PEANUTS®

COME TI PARE, CHARLIE BROWN!

SECONDA PALLA!

Prosegue la ristampa cronologica dei Peanuts, ovvero noccioline o anche personcine di Charles M. Schulz. Il piccolo mondo di quello che è stato chiamato senza esitazioni da Umberto Eco "un Poeta" si è ormai irradiato in tutto il resto del grande mondo. Non a caso, l'autore di *Apocalittici e Integrati* ha definito così il grande narratore a fumetti di St. Paul (Minnesota) e ha spiegato il perché del suo giudizio. "Quando dico 'poeta' lo dico per fare arrabbiare qualcuno. Gli umanisti di professione, che non leggono i fumetti; e coloro che accusano di snobismo gli intellettuali che fingerebbero di amare i fumetti. Ma sia bene inteso: se 'poesia' vuole dire capacità di portare tenerezza, pietà, cattiveria a momenti di estrema trasparenza, come se vi passasse attraverso una luce e non si sapesse più di che pasta sian fatte le cose, allora Schulz è un poeta..." . Il gruppo di personcine cresce e si fa sentire, parla sommessamente ma irresistibilmente al cuore di tanti. È esplosa una grande cotta per Charlie Brown e compagnia.

QUANDO PRENDI IN PRESTITO DEI PASTELLI, QUAL E' LA COSA CHE NON FAI?
QUANDO PRENDI IN PRESTITO DEI PASTELLI, QUAL E' **LA** COSA SOPRA OGNI ALTRA CHE STAI BENE ATTENTO A NON FARE?
TI DARO' UN INDIZIO...
NON LI LASCI AL SOLE!
SCHULZ

CI SONO CANI COI QUALI E' BELLO GIOCARE...
CI SONO CANI CHE, SE LANCI UN BASTONCINO, LO RINCORRONO...
CI SONO CANI CHE RINCORRONO I BASTONCINI E POI LI RIPORTANO...
CI SONO CANI BEN STUPIDI!
SCHULZ

SU, SNOOPY... RINCORRI IL BASTONCINO!
SCOMMETTO CHE, SE PROVASSI UNA VOLTA, LO TROVERESTI DIVERTENTE
E' PER QUESTO CHE NON VOGLIO COMINCIARE... HO PAURA CHE POSSA PIACERMI!
SCHULZ

NON VUOI PROPRIO, EH?
NO!
VOGLIO CHE LA GENTE, QUANDO NON CI SARO' PIU', ABBIA DA DIRE SU DI ME QUALCOSA DI PIU' DI: "ERA BRAVO... RINCORREVA I BASTONCINI"!
SCHULZ

AAUGH!
KLUNK
SCHULZ

OH, OH! LUCY HA SU LA SUA FACCIA FURIOSA! QUALUNQUE COSA FACCIA O DICA OGGI, SARO' PICCHIATO...
TANTO VALE CHE LA SISTEMI ADDIRITTURA...
SLUG!
ADESSO SONO A POSTO PER IL RESTO DELLA GIORNATA!

VEDO CHE OGGI HAI DI NUOVO SU LA TUA FACCIA SCORBUTICA...
NON C'E' NIENTE DI MALE A ESSERE SCORBUTICI...
IO SONO FIERA DI ESSERE SCORBUTICA...
LE BAMBINE SCORBUTICHE DI OGGI SONO LE DONNE SCORBUTICHE DI DOMANI!
SCHULZ

DEVO AVER PRESO MEXICO CITY!
SCHULZ

COSA TI SUCCEDE?
MI FANNO MALE LE DITA...
FORSE HAI LE UNGHIE TROPPO STRETTE...
NON HO MAI SAPUTO CHE FOSSERO REGOLABILI!
SCHULZ

SEI UN CASO DISPERATO!
NON SARAI MAI UN BUON CACCIATORE DI CONIGLI! MAI!
DEV'ESSERE EREDITARIO... MIO PADRE CORREVA SEMPRE COI SEGUGI, MA LA SUA SIMPATIA STAVA ALTROVE...
CORREVA SEMPRE AVANTI PER AVVERTIRE I CONIGLI!
SCHULZ

ADESSO FAI FINTA CHE SIAMO NEI BOSCHI...
STAI SEGUENDO UNA PISTA, CAPISCI...
A UN TRATTO AVVISTI UN CONIGLIO! COSA FAI?
SCHULZ

YAWN
E' STATA UNA BUONA GIORNATA!
SCHULZ

CREDI CHE SAREI PIACIUTO A BEETHOVEN?
MA SI'... CREDO DI SI'... CREDO CHE GLI SARESTI PIACIUTO MOLTISSIMO...
UN BUON CAPITANO A VOLTE DEV'ESSERE MOLTO DIPLOMATICO
SCHULZ

NOVANTACINQUE, NOVANTASEI, NOVANTASETTE...
NOVANTOTTO, NOVANTANOVE, CENTO! ARRIVO... PRONTI O NO!
COSA STAI QUI A FARE? DEVI ANDARE A NASCONDERTI!
MI PIACE SENTIRTI CONTARE...
SCHULZ

SCHULZ

QUANDO SARAI CRESCIUTA, VORRESTI ESSERE UN GRANDE PERSONAGGIO?
QUESTO E' UN INSULTO!
UN INSULTO?
MI SENTO GIA' GRANDE ADESSO!
SCHULZ

BZZZZZZ
?
BZZZZZZ
MI CHIEDEVO COSA FOSSE QUEL RONZIO...
CREDEVO CHE AVESSERO LASCIATO ATTACCATO IL VENTILATORE...
SCHULZ

CI SIAMO, CHARLIE BROWN...
SE RIUSCIAMO A TENERLI IN QUESTO INNING, VINCEREMO IL CAMPIONATO!
LA RESPONSABILITA' E' TUA, CHARLIE BROWN...SEI TU IL PITCHER... SEI TU QUELLO CHE DEVE TENERLI...
MI SENTO COME SE FOSSI IN MEZZO AL COLOSSEO!
SCHULZ

SE RIESCO A TENERLI ANCORA PER UN INNING, LA NOSTRA SQUADRA VINCERA' IL CAMPIONATO
BEH, SE VOGLIONO BATTERCI, DOVRANNO VERAMENTE DARSI DA FARE!
POW!
ODIO QUANDO SI DANNO DA FARE!
SCHULZ

DUNQUE HANNO UN UOMO IN PRIMA BASE... NON MI LASCERO' IMPRESSIONARE...
SMACK!
DUNQUE HANNO UOMINI IN PRIMA E IN SECONDA BASE...NON MI LASCERO' IMPRESSIONARE...
SCHULZ

"QUARTA PALLA"
MAMMA MIA! HO RIEMPITO LE BASI!
UN RUN PAREGGERA' LA PARTITA E UN ALTRO RUN CI COSTERA' IL CAMPIONATO...
MI FA MALE LO STOMACO!
SCHULZ

LE BASI SONO OCCUPATE E NON C'E' FUORI NESSUNO...
UN RUN PAREGGERA' LA PARTITA... DUE RUN CI COSTE-RANNO IL CAMPIONATO...
CREDI CHE ABBIAMO ANCORA UNA PROBABILITA', LUCY?
BEH, DIPENDE TUTTO DA CHARLIE BROWN, IL NOSTRO PITCHER...
HAI RISPOSTO ALLA MIA DOMANDA!
SCHULZ

BALK!!
?
!
GLI HA DATO IL PAREGGIO!
OH, NO!
OH, NO! OH, NO! OH, NO!
OWOOOOOOOO!
SCHULZ

BALK!
!
?
GLI HA DATO LA VITTORIA!
ABBIAMO PERSO IL CAMPIONATO!
PRIMA GLI HA DATO IL PAREGGIO! POI GLI HA DATO LA VITTORIA! CHARLIE BROWN CI HA FATTO PERDERE IL CAMPIONATO!
SCHULZ

NON DITEMI NIENTE!
NESSUNO MI DICA NIENTE! LO SO CHE ABBIAMO PERSO PER COLPA MIA!
NON OCCORRE CHE NESSUNO MI DICA CHE SONO UN DEFICIENTE! LO SO CHE SONO UN DEFICIENTE! NON OC-CORRE CHE NESSUNO ME LO DICA!
DEFICIENTE!
SCHULZ

VA BENE, MAMMA... VA BENE...
QUANDO GLI ALTRI PITCHER PERDONO LE PARTITE, LI MANDANO ALLE DOCCE...
QUANDO IO PERDO UNA PARTITA, MI MANDANO ALLE DOCCE? NO!
IO DEVO FARE IL BAGNO!
SCHULZ

CHARLIE BROWN, VOGLIO SOLO DIRTI DI NON PRENDERTELA PER QUELLO CHE E' SUCCESSO
SAPPIAMO TUTTI CHE DEVE ESSERE STATO TERRIBILE PER TE SBAGLIARE E DARGLI LA VITTORIA...
OGNUNO SA CHE TI DISPIACE AVER FATTO UNA COSA COSI' STUPIDA E AVER GIOCATO COSI' DA BESTIA E AVER PERSO IL CAMPIONATO...
E SAPPIAMO CHE TU SAI CHE E' STATA LA COSA PIU' IDIOTA E INSENSATA CHE UN PITCHER POTESSE FARE, QUALUNQUE ALTRA IMBECILLITA' POTESSE AVER GIA' COMBINATO IN...
mamma mia!

PERCHE' NON MI CHIAMI MAI "CARINA"?
COSA?
PERCHE' NON TI RIVOLGI MAI A ME DICENDO "CIAO, CARINA"?
PERCHE' NON TROVO CHE TU SIA MOLTO CARINA
ODIO LE RAGIONI!
SCHULZ

NESSUNO MI CHIAMA MAI "CARINA"
BEH, DEVI AMMETTERE SENZ'ALTRO CHE NON SEI QUELLO CHE SI DICE UNA "BELLEZZA SCONVOLGENTE"...
CERTO CHE LO AMMETTO!
A ME BASTA ESSERE UNA "CARINERIA SCONVOLGENTE"!
SCHULZ

TU MI TROVI CARINA, SNOOPY?
SE E' SI', ALZA UN 'ORECCHIA... SE E' NO, TIENILE GIU' TUTTE E DUE...
ADESSO TE LO CHIEDO DI NUOVO... MI TROVI CARINA?
LO SAPEVO CHE AVREI RICEVUTO UNA RISPOSTA DEL TIPO "SI' E NO"!
SCHULZ

TU VUOI CHE QUALCUNO TI CHIAMI "CARINA"... HA! CHE RISATE!
NON SEI MAI STATA CARINA IN VITA TUA! SEI SCORBUTICA, PREPOTENTE, EGOISTA E SGARBATA! SEI TUTTO QUELLO CHE SI PUO' ESSERE DI "POCO CARINO"!
SONO "INCARINA"!
SCHULZ

ORA DI CENA...NON C'E' ALTRO NELLA MIA VITA?
E' QUESTA LA SOMMA DELLA MIA ESISTENZA? VIVO VERAMENTE SOLO PER MANGIARE? NON SONO PROPRIO CAPACE DI FARE ALTRO?
BISOGNA CHE UNA VOLTA O L'ALTRA CI PENSI...
SCHULZ

MAI METTERSI A GIOCARE A "JACKS" SU UN MARCIAPIEDE CALDO!
SCHULZ

QUANTI NE ABBIAMO OGGI?
OGGI E' IL SEDICI...
LO SAPEVO CHE ERA IL POLLICE SBAGLIATO...
I GIORNI DISPARI USO IL POLLICE SINISTRO E I GIORNI PARI USO IL POLLICE DESTRO!
SCHULZ

WOOF WOOF WOOF
WOOF WOOF WOOF WOOF WOOF WOOF
UN BUON CANE DA GUARDIA VALE TANTO ORO QUANTO PESA!

PERCHE' GRIDI SEMPRE CON ME? NON SONO SORDA, SAI?
CREDI CHE NON CI SENTA? E' PER QUESTO CHE GRIDI SEMPRE? NON SONO SORDA, SAI? NON OCCORRE CHE GRIDI IN CONTINUAZIONE!
COS'HAI DETTO?!!!
SCHULZ

SONO SEMPRE PREOCCUPATO...
PENSO SEMPRE ALLA FINE DEL MONDO...
SUPPONGO CHE SI POSSA DIRE CHE HO UNA PAURA NEVROTICA CHE IL MONDO FINISCA...
SPECIALMENTE PRIMA DI CENA!
SCHULZ

IL LAVORO MANUALE E' UNA BUONA TERAPIA
DISTRAE LA MENTE DAI FASTIDI...
OGNI VOLTA CHE MI SENTO DEPRESSO, IO COSTRUISCO CASTELLI DI SABBIA...
ULTIMAMENTE MI SONO SENTITO MOLTO DEPRESSO!
SCHULZ

SANTO CIELO!
SONO FINITO...
HO DIMENTICATO IL MIO NUMERO DI CODICE POSTALE!
SCHULZ

TUO PADRE TI HA PORTATO MOLTE VOLTE ALLA PARTITA QUEST'ANNO?
OH, SI'...CI SIAMO ANDATI SPESSO
CREDO CHE GLI FACCIA PIACERE AVERE UN FIGLIO DA PORTARE ALLA PARTITA...
SONO UNA SPECIE DI AMICO FATTO IN CASA!
SCHULZ

LUNEDI' COMINCIA LA SCUOLA...
NON PER ME!
COSA INTENDI DIRE, NON PER TE?
CI SONO ANDATA L'ANNO SCORSO!
SCHULZ

ALLORA LUNEDI' NON VAI A SCUOLA, EH, SALLY?
OH, SI', CI VADO... HO CAMBIATO IDEA...
LA MAMMA MI HA COMPRATO UN CESTINO NUOVO....
HO PENSATO CHE SE LA MAMMA SI E' PRESA IL DISTURBO E LA SPESA DI COMPRARMI UN CESTINO NUOVO, TANTO VALE CHE IO VADA A SCUOLA...
MA CI VADO ESCLUSIVAMENTE PER QUESTA RAGIONE!
SCHULZ

VORREI POTER DIRE CHE QUESTO PRIMO GIORNO DI SCUOLA MI E' PIACIUTO...
MI RENDO CONTO CHE GLI INSEGNANTI CI HANNO MESSO MOLTO IMPEGNO E CHE UNA SCHIERA DI FUNZIONARI HA LAVORATO SODO PER ELABORARE IL PROGRAMMA DELL'ANNO...
ANCHE IL PROVVEDITORATO HA FATTO LA SUA PARTE, COME PURE I BIDELLI... PERCIO' VORREI POTER DIRE CHE QUESTO PRIMO GIORNO DI SCUOLA MI E' PIACIUTO
MA NON E' VERO!
SCHULZ

STUPIDO CANE!
E' LA SUA DANZA DEL "HA HA... A VOI TOCCA ANDARE A SCUOLA E A ME NO"!
SCHULZ

"GIURO FEDELTA' ALLA BANDIERA DEGLI STATI UNITI D'AMERICA...
...E ALLA REPUBBLICA CHE ESSA RAPPRESENTA, NAZIONE UNA SUDDITA A DIO, INDIVISIBILE, CON LIBÉRTA' E GIUSTIZIA PER TUTTI"
AMEN!
SCHULZ

TUTTI ABBIAMO I NOSTRI PICCOLI SOGNI A OCCHI APERTI, IMMAGINO...
IO HO SEMPRE SOGNATO DI AVERE UN CANE CHE MI ACCOLGA GIOIOSAMENTE QUANDO TORNO A CASA DA SCUOLA...
SIGH
SCHULZ

SNOOPY È ALL'OSPEDALE?
GIA'... NON LO SAPEVI? E' LA' DA QUATTRO GIORNI...
PUO' RICEVERE VISITE?
OH, SI'... ALCUNI DEI SUOI MIGLIORI AMICI SONO GIA' ANDATI A TROVARLO...
SCHULZ

CHE CURE STANNO FACENDO A SNOOPY, CHARLIE BROWN?
IL VETERINARIO HA DETTO CHE GLI AVREBBE SOMMINISTRATO PER VIA INTRAMUSCOLARE 300'000 UNITA' DI PENICILLINA PROCAINA G IN SOSPENSIONE ACQUOSA IN AGGIUNTA A 1 GRAMMO DI DIIDROSTREPTOMICINA A INTERVALLI DI 24 ORE
OH...
SCHULZ

CARO SNOOPY,
MI MANCHI PIU' DI QUANTO SAPPIA DIRE.
SPERO CHE ALL'OSPEDALE TI TRATTINO BENE.
MENTRE SEI LI', PERCHE' NON GLI DICI DI FARTI UN BAGNO ANTI-PULCI?
LO DICO, NATURALMENTE, A RISCHIO DI ESSERE OFFENSIVO. SPERANDO DI RIVEDERTI PRESTO,
IL TUO AMICO, CHARLIE BROWN
SCHULZ

ORA DI CENA!
!
SANTO CIELO! LO SAPEVO CHE E' ALL'OSPEDALE... E GLI HO PREPARATO LA CENA UGUALMENTE...
SBRIGATI A TORNARE, SNOOPY... STO CROLLANDO!
SCHULZ

SNOOPY!
LA FELICITA' E' TORNARE A CASA DALL'OSPEDALE!
SCHULZ

MI HANNO TRATTATO BENISSIMO ALL'OSPEDALE...
GLIENE SARO' SEMPRE GRATO...
DIRO' UNA COSA, TUTTAVIA...
FA PIACERE TORNARE A DORMIRE NEL PROPRIO LETTO!
SCHULZ

BENE! SEI TORNATO DALL'OSPEDALE, VEDO...
SUPPONGO CHE NON TI FAREBBE BENE USCIRE A CACCIA DI CONIGLI COSI' PRESTO DOPO ESSERE TORNATO A CASA, VERO?
NO, IMMAGINO DI NO...
E' BELLO AVERE UNA SCUSA PREFABBRICATA
SCHULZ

CASPITA... STENTO A CREDERE DI ESSERE DI NUOVO A CASA...
DOPO AVER PASSATO UN PAIO DI SETTIMANE ALL'OSPEDALE, SI DIVENTA COME ESTRANEI A TUTTO... NON SEMBRA VERAMENTE DI ESSERE A CASA...
TOGLITI DI MEZZO, STUPIDO! STAI BLOCCANDO IL MARCIAPIEDE!
SONO PROPRIO A CASA...
SCHULZ

SENTI COME SONO FREDDE LE MIE MANI...
BRRRR ... SONO COME GHIACCIO!
LE MIE MANI SONO SEMPRE COSI'...
COME FAI A DIRE CHE SONO FREDDE STANDOCI DENTRO?
SCHULZ

AUGHH!
AUGHH! AUGHH!
OGGIGIORNO I GIOVANI NON SI SPAVENTANO FACILMENTE...
SCHULZ

HO SENTITO CHE SABATO CI SARA' UN'ECLISSE DI SOLE...
SI', MA IL MIO OCULISTA DICE CHE E' MOLTO PERICOLOSO GUARDARLA...
BEH, IO PENSAVO DI USARE OCCHIALI DA SOLE
NON FARLO! NON FARLO!
OCCHIALI DA SOLE, VETRO AFFUMICATO, NEGATIVI FOTOGRAFICI... NEMMENO GLI OCCHIALI DA SALDATORE SONO SICURI PER GUARDARE DIRETTAMENTE UN'ECLISSE!
ANDREBBE BENE PER IL TUO OCULISTA SE CHIUDESSI LE TENDE E STESSI A LETTO TUTTO IL GIORNO?
SCHULZ

COS'E' QUESTA STORIA CHE NON SI PUO' GUARDARE L'ECLISSE?
E' MOLTO PERICOLOSO... POTRESTI SUBIRE GRAVI USTIONI ALLA RETINA DAI RAGGI INFRAROSSI
MA CHE SENSO C'E' A AVERE UN'ECLISSE SE NON SI PUO' **GUARDARE**?
QUESTA VOLTA QUALCUNO DELLA PRODUZIONE L'HA FATTA BEN GROSSA!
SCHULZ

HO UN 'ALTRA DOMANDA A PROPOSITO DEL-L'ECLISSE DI SOLE DI SABATO
SI VEDRA' IN TUTTO IL PAESE?
NO, SARA' VISIBILE SOLO IN CERTE ZONE...
NON MI DIRAI CHE ERA TANTO DIFFICILE PRENOTARSI PER UN'ECLISSE, VERO?
SCHULZ

TI HA DETTO LINUS DEI PERICOLI DI GUARDARE L'ECLISSE?
SI', MI HA DETTO TUTTO...
SEGUIRO' IL SUO CONSIGLIO... NON VOGLIO FAR NIENTE CHE POSSA NUOCERE AI MIEI SPLENDIDI OCCHI...
TROVI CHE I MIEI OCCHI SIANO SPLENDIDI, CHARLIE BROWN?
SI', SEMBRANO MACCHIOLINE ROTONDE DI INCHIOSTRO DI CHINA!
SCHULZ

COSA STAI FACENDO?
E' UN PROIETTORE PER OSSERVARE L'ECLISSE DOMANI...
NON C'E' NESSUN METODO SICURO PER GUARDARE DIRETTAMENTE UN'ECLISSE, E E' PARTICOLARMENTE PERICOLOSO QUANDO E' UNA ECLISSE TOTALE...
PERCIO' HO PRESO DUE PEZZI DI CARTONE BIANCO E IN UNO HO FATTO UN BUCO... CIO' SERVIRA' A PROIETTARE L'IMMAGINE SULL'ALTRO CARTONE... VEDETE?
SCOMMETTO CHE BEETHOVEN NON CI AVREBBE MAI PENSATO!
SCHULZ

ALLORA COM'E' L'ECLISSE?

MIA MADRE HA PRESO ACCORDI PER FARMI DARE LEZIONI DI PIANO...
E NON SUONERO' NEANCHE SU UN PIANO-GIOCATTOLO...SUONERO' SU UN PIANO VERO!
SEI CARINO QUANDO TI ARRABBI...
SCHULZ

COME VANNO LE TUE LEZIONI DI PIANO?
BENE
IERI HO IMPARATO DOV'E' IL DO CENTRALE...
CONGRATULAZIONI
SCHULZ

COME TI CHIAMI?
MI CHIAMO "5"!
MIO PADRE DICE CHE IN QUESTI TEMPI CI SONO TANTI NUMERI CHE STIAMO PERDENDO TUTTI LA NOSTRA IDENTITA'...
HA DECISO CHE IN FAMIGLIA OGNUNO DEBBA AVERE UN NUMERO INVECE DI UN NOME
CHARLIE BROWN, VORREI PRESENTARTI 5!
OH, NO!
SCHULZ

IL NOSTRO COGNOME E' 95472... IN REALTA' E' IL NOSTRO NUMERO DI CODICE POSTALE...
IN EFFETTI, E' STATO QUESTO IL NUMERO CHE HA INIZIATO UN PO' TUTTO... E' STATO IL NUMERO CHE UNA SERA HA FINITO PER RENDERE MIO PADRE COMPLETAMENTE ISTERICO
IL MIO NOME COMPLETO E' 555 95472, MA TUTTI MI CHIAMANO 5 PER BREVITA'... HO DUE SORELLE CHE SI CHIAMANO 3 E 4
TROVO CHE SIANO DUE BEI NOMI FEMMINILI...
ANCHE NOI
SCHULZ

SALLY, VOGLIO PRESENTARTI UN NUOVO BAMBINO DEL VICINATO...
5, QUESTA E' MIA SORELLA, SALLY... SALLY, QUESTO E' 5... DI COGNOME SI CHIAMA 95472...
"MRS SALLY 95472"
NON MI PIACE!
SCHULZ

SALVE, CAGNOLINO...
MI CHIAMO 5... SONO NUOVO DEL VICINATO...
NON CAPISCO MAI BENE I NOMI... HA DETTO V O 5?
SCHULZ

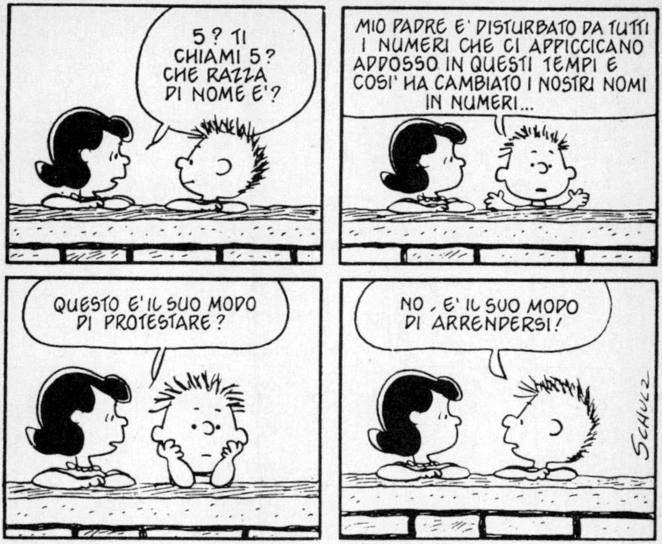
5? TI CHIAMI 5? CHE RAZZA DI NOME E'?
MIO PADRE E' DISTURBATO DA TUTTI I NUMERI CHE CI APPICCICANO ADDOSSO IN QUESTI TEMPI E COSI' HA CAMBIATO I NOSTRI NOMI IN NUMERI...
QUESTO E' IL SUO MODO DI PROTESTARE?
NO, E' IL SUO MODO DI ARRENDERSI!
SCHULZ

CIAO, CHARLIE BROWN... CIAO, LINUS...
CIAO, 5
SE AVESSIMO TUTTI NUMERI INVECE DI NOMI, CHE NUMERO PENSI TI PIACEREBBE AVERE?
COME TI PARE 3,1416?
NON SO... HO L'IMPRESSIONE CHE TUTTI I TOM, I DICK E GLI HARRY SI CHIAMEREBBERO 3,1416!
SCHULZ

QUESTA SETTIMANA A SCUOLA STUDIAMO UN PO' DI GIORNALISMO...
OGGI LA MAESTRA CI HA CHIESTO CHE REALE DIFFERENZA C'E' FRA UN GIORNALE DEL MATTINO E UN GIORNALE DELLA SERA...
IO HO RISPOSTO CHE, PER LEGGERE UN GIORNALE DELLA SERA, SI ACCENDE LA LUCE...
NON HO PRESO UN VOTO TANTO BUONO
SCHULZ

LA MAGGIOR PARTE DI NOI CONSIDERA I GIORNALI TROPPO COME UNA COSA DOVUTA...
NON APPREZZIAMO VERAMENTE QUEL MIRACOLO CHE E' IL QUOTIDIANO MODERNO...
E' DIFFICILE ESPRIMERE A PAROLE PERCHE' TI PIACE UN GIORNALE...
A ME UN GIORNALE PIACE PERCHE' NON C'E' BISOGNO DI SINTONIZZARLO!
SCHULZ

LO SAPEVI CHE UN ALCE ADULTO PESA 1800 LIBBRE?
E UN ORSO POLARE PUO' PESARE 1600 LIBBRE, E UN GROSSO TRICHECO MASCHIO PESA A VOLTE ANCHE 3000 LIBBRE!
VENTITRE' LIBBRE... CHE UMILIAZIONE!
SCHULZ

WHOP!
MI PIACE GIOCARE CON LE MANI!
SCHULZ

Z
Z, z, n. [pl. Z's, z's, Zs, zs]
Z z 1. la ventiseiesima ed ultima lettera dell'alfabeto inglese: dal Greco zeta attraverso il Latino: vedi alfabeto
NON C'E' DA MERAVIGLIARSI SE MI SVEGLIO COL MAL DI TESTA!
SCHULZ

COSA STAI LEGGENDO?
E' UN ADATTAMENTO DI SHERLOCK HOLMES...
UN "ADATTAMENTO"?
SI', E' STATO "ADATTATO" PER I BAMBINI...
E' UN PO' COME BERE COCA-COLA ALLUNGATA!
SCHULZ

MIO PADRE GIOCA A BRIDGE MEGLIO DEL TUO
MIO PADRE HA VIAGGIATO PIU' DEL TUO...
MIO PADRE E' PIU' ALTO DEL TUO
MIO PADRE E' NEL CONSIGLIO SCOLASTICO!
SCHULZ

AVANTI, RAGAZZI...VOGLIO SENTIRVI CHIACCHIERARE UN PO'!
MI SUGGERIRESTI UN ARGOMENTO, CHARLIE BROWN? NON TROVO MAI NIENTE DA DIRE
SCHULZ

SU, GENTE, FATE SENTIRE LA VOSTRA VOCE!
FORZA, BUTTIAMOFUORIQUELLO-LI'NONSABATTERENONCIVEDE-NEMMENONONVALENIENTEFOR-ZABOMBARDALOFAGLI ILTUO FA-MOSOLANCIOAFAGIOLOSTENDILO-SECCO,VECCHIOMIO
FORZA, NONSABATTEREBATTECO-MEMIANONNAFAGLIELAVEDERE-NONAVERPAURADIQUELLOLI'NON-E'UNBATTITORENONLOE'PERNIENTE-FORZAINFILALONONLAPRENDERA'-MAINONC'E'DAPREOCCUPARSIBOM-BARDALO, VECCHIOMIO
FORSE NON AVREI DOVUTO DIRE NIENTE...
SCHULZ

VUOI CHE **IO** GIOCHI DA CATCHER?
SI'... SCHROEDER OGGI NON PUO'...
DEVO INDOSSARE TUTTO **QUESTO**?
PER FORZA... E' PER IL TUO BENE...
MI SENTO COME UN UCCELLO IN GABBIA...
TWEET TWEET CHIRP CHIRP ♪ ♪ ♪ ♪
DI QUESTO POSSIAMO ANCHE FARE A MENO!
SCHULZ

RIPRENDITI LA TUA BARDATURA DA CATCHER! NE HO ABBASTANZA!
NON MI HAI DETTO NIENTE DELLE PALLE VELOCI, DELLE MAZZE CHE OSCILLANO E DEI LANCI SCORRETTI!
E' PERICOLOSO, LA' DIETRO!
MI RIFIUTO DI ESSERE COLPITA DA UNA MAZZA OSCILLANTE E PRIVARE IL MONDO DI MISS UNIVERSO 1975!
SCHULZ

C'E' STATO UN TEMPO QUANDO PENSAVO DI POTER SMETTERE DI SUCCHIARMI IL POLLICE...
ORA DUBITO CHE CE LA FARO' MAI...
SONO INCASTRATO!
SCHULZ

ORA DI CENA!
MI SONO SBAGLIATO... NON E' ORA DI CENA...
SCHULZ

SEI SICURA DI VOLER ESSERE FELICE TUTTA LA VITA?
CERTO!
MA SONO LE AVVERSITA' CHE RENDONO MATURI... UNO SPIRITO CRESCE MEGLIO SE SI INNAFFIA CON LACRIME DI TRISTEZZA...
COSA?
DICEVO...
OH, NON IMPORTA... NON POTREI MAI RIPETERE UNA COSA SIMILE DUE VOLTE IN UN GIORNO!
SCHULZ

TU PENSI CHE NON SARO' FELICE TUTTA LA VITA? TORNA QUI FRA SESSANT'ANNI E TE LO PROVERO'!
D'ACCORDO, FARO' PROPRIO COSI'!
BENE! SARO' FELICE DI VEDERTI!
L'HAI CAPITA?
SCHULZ

BEH, 5, COME VA A SCUOLA?
LA MIA MAESTRA CONTINUA A SBAGLIARE IL MIO NOME...
MI CHIAMA SEMPRE "5 95472"...
LE HO DETTO UNA DOZZINA DI VOLTE CHE L'ACCENTO VA SUL 4!
SCHULZ

CHE GIOIA... UN GELATINO PER DESSERT!
SCHULZ

ODIO L'ORA DI COLAZIONE!
OGNI GIORNO MI SIEDO QUI SU QUESTA PANCHINA TUTTO SOLO A MANGIARE UN PANINO CON LA MARGARINA...
CERTI PSICHIATRI DICONO CHE LA GENTE CHE MANGIA PANINI CON LA MARGARINA E' INFELICE... CI CREDO...
E QUANDO SEI VERAMENTE INFELICE, LA MARGARINA TI SI ATTACCA AL SOFFITTO DELLA BOCCA...
SCHULZ

MI TOCCA SEMPRE MANGIARE DA SOLO
COME MI PIACEREBBE FAR COLAZIONE CON QUELLA RAGAZZINA COI CAPELLI ROSSI...
CHISSA' COSA SUCCEDEREBBE SE ANDASSI LA' E LE CHIEDESSI DI FAR COLAZIONE CON ME...
PROBABILMENTE MI RIDEREBBE IN FACCIA...
E' DURO PER UNA FACCIA SENTIRSI RIDERE ADDOSSO
SCHULZ

LA RAGAZZINA COI CAPELLI ROSSI HA UN SACCO DI AMICI...
IO NON HO NESSUN AMICO...
DICONO CHE GLI OPPOSTI SI ATTRAGGONO...LEI E' VERAMENTE QUALCUNO E IO NON SONO NIENTE...
SI PUO' ESSERE PIU' OPPOSTI ?
SCHULZ

VORREI POTER FARE COLAZIONE CON LA RAGAZZINA COI CAPELLI ROSSI
CHISSA' COSA FAREI SE LEI VENISSE A SEDERSI QUI...
CHISSA' COSA...SANTO CIELO! MI HA VISTO CHE LA GUARDAVO! SI E' ALZATA!
STA VENENDO QUI!! STA VENENDO QUI!! COSA FACCIO? COSA FACCIO?
SCHULZ

HAI VISTO PASSARE LA RAGAZZINA COI CAPELLI ROSSI?
SEI DIVENTATO UN PO' NERVOSO QUANDO LEI E' PASSATA, VERO, CHARLIE BROWN?
COSA TI FA PENSARE CHE FOSSI NERVOSO?
HAI FATTO UN NODO AL TUO PANINO DI MARGARINA!
SCHULZ

STA PARLANDO CON LUI...
LA RAGAZZINA COI CAPELLI ROSSI GLI PARLA... E ADESSO LO STRINGE E LO ACCAREZZA...
NON LO SOPPORTO...
DI CHE CATEGORIA SEI **TU**?
SCHULZ

E ADESSO COSA SI FA PER IL **RESTO** DELLA GIORNATA?
SCHULZ

NESSUNO MI AMA... TUTTI MI ODIANO...
BEH, CHARLIE BROWN, SE VERAMENTE IL MONDO INTERO TI FOSSE CONTRO, VORREI FARTI CONOSCERE I MIEI SENTIMENTI...
TU MI SARESTI AMICA?
NO, TI SAREI CONTRO ANCH'IO!
SCHULZ

NON MI DIRAI CHE STAI SEDUTO QUI A ASPETTARE DI NUOVO IL GRANDE COCOMERO?
COME FAI A CREDERE IN QUALCOSA CHE NON E' VERO? NON COMPARIRA' MAI! NON ESISTE!
QUANDO TU SMETTERAI DI CREDERE A QUEL TIZIO COL VESTITO ROSSO E LA BARBA BIANCA CHE STRILLA "HO HO HO", IO SMETTERO' DI CREDERE AL GRANDE COCOMERO!
E' OVVIO CHE CI SEPARANO DIVERGENZE DOGMATICHE!
SCHULZ

LUI SA QUALI BAMBINI SONO SONO STATI BUONI E QUALI SONO STATI CATTIVI...
E LA NOTTE DI HALLOWEEN IL GRANDE COCOMERO SORGE DALL'ORTO DEI COCOMERI E VOLA PER L'AERE CON LA SUA SACCA DI BALOCCHI PER TUTTI I BIMBI BUONI DEL MONDO!
QUANTO TEMPO E' CHE NON TI FAI FARE UN CONTROLLO MEDICO GENERALE?
SCHULZ

SNOOPY, SONO L'UNICO A CREDERE AL GRANDE COCOMERO
SONO L'UNICO IN TUTTO IL MONDO CHE PASSERA' LA NOTTE DI HALLOWEEN SEDUTO IN UN ORTO DI COCOMERI A ASPETTARE CHE LUI APPAIA... SONO PAZZO?
GUARDAMI NEGLI OCCHI E DIMMI CHE NON SONO PAZZO...
COSA POTEVO DIRE?
SCHULZ

ASPETTI SEMPRE IL GRANDE COCOMERO?
SI'... DOVE SEI STATO, IN GIRO A FARE "O LA BORSA O LA VITA"?
SI', HO AVUTO UN SACCO PIENO DI ROBA... VUOI UNA MELA?
GRAZIE... SE VIENE IL GRANDE COCOMERO, METTERO' UNA BUONA PAROLA PER TE...
"SE"?
VOLEVO DIRE "QUANDO"
SONO FINITO! UN PICCOLO ERRORE COME QUELLO PUO' INDURRE IL GRANDE COCOMERO A SCARTARTI!
SCHULZ

BEH, COM'E ANDATA STANOTTE?
NON TANTO BENE... SONO RIMASTO LA' FUORI FINO ALLE QUATTRO DEL MATTINO, MA IL GRANDE COCOMERO NON SI E' VISTO... SONO QUASI MORTO CONGELATO...
IMMAGINO CHE IN UN ORTO DI COCOMERI POSSA FARE UN BEL FREDDO ALLE QUATTRO DEL MATTINO...
SOPRATTUTTO SE CI AGGIUNGI IL GELO DEL DISAPPUNTO
SCHULZ

OH, GRANDE COCOMERO, MI HAI TRADITO ANCORA!
NON CREDERO'MAI PIU' IN TE! MAI PIU'!
NON ASCOLTARMI... NON SO QUELLO CHE DICO!
SCHULZ

DOV'E' IL MIO IMPERMEABILE?
PIOVE! NON POSSO ANDARE A SCUOLA SOTTO LA PIOGGIA SEN-ZA IL MIO IMPERMEABILE!
CHI HA PRESO IL MIO IMPERMEA-BILE?
SCHULZ

VORREI AVERE ANCH'IO UN CAVALLUCCIO...
TUTTI HANNO UN CAVALLUCCIO TRANNE ME...
TUTTI!!
SCHULZ

HO SENTITO CHE I BARBIERI AUMENTERANNO ANCORA I PREZZI...
GIA', NON E' GRANDIOSO?! COSI' MIO PADRE POTRA' COMPRARE QUATTRO AUTO NUOVE, UNA PISCINA E UNA SCUDERIA DI CAVALLI DA CORSA!
POTREMO MANGIARE FILETTO OGNI GIORNO E PASSARE TUTTI GLI INVERNI SULLA RIVIERA!
NON SAPEVO CHE IL FIGLIO DI UN BARBIERE POTESSE ESSERE TANTO SARCASTICO...
SCHULZ

MIO PADRE E' ANCORA PREOCCUPATO PER LE TARIFFE DEI BARBIERI...
MINACCIA DI NUOVO DI COMPRARE GLI ARNESI E DI TAGLIARMI LUI I CAPELLI
BUONA IDEA... E GIA' CHE CI SIETE, PERCHE' NON VI SCRIVETE I LIBRI, NON VI DIPINGETE I QUADRI E NON VI COMPONETE LA MUSICA?
NON MI ERO MAI ACCORTO CHE I FIGLI DEI BARBIERI FOSSERO COSI' SENSIBILI...
SCHULZ

TU NON SAI COSA VUOL DIRE ESSERE FIGLIO DI UN BARBIERE!
NON SAI COSA VUOL DIRE VEDER PIANGERE TUO PADRE QUANDO APRE IL GIORNALE E LEGGE TUTTE QUELLE CRITICHE NELLE "LETTERE AL DIRETTORE"...
C'E' SEMPRE QUALCUNO CHE SI LAMENTA PERCHE' LE TARIFFE AUMENTANO! MIO PADRE E' LI' SEDUTO... LACRIME GLI SCENDONO PER LE GUANCE...
TU NON SAI COSA VUOL DIRE!!
SANTO CIELO!
SCHULZ

NON C'E' GUSTO A SOGNARE SE L'IMMAGINE NON E' NITIDA!
SCHULZ

SCHULZ
MIA SORELLA E' IN CASA!

PRENDI, SNOOPY... PUOI AVERE L'ULTIMO BISCOTTO...
SE VUOI MOSTRARE LA TUA RICONOSCENZA, PUOI LECCARMI LA MANO
BLEAGH!
SCHULZ

Z
Z
KLUNK!
Z
?
SCHULZ

COME FANNO GLI UCCELLI A DORMIRE SUI RAMI SENZA CADERE?
HANNO DEI MUSCOLI NEI PIEDI CHE SI CONTRAGGONO AUTOMATICAMENTE QUANDO SI ADDORMENTANO
E'LO STESSO PRINCIPIO DELLE ORECCHIE DI SNOOPY...
NON LO SAPEVO!
SCHULZ

GIOCHI A "JACKS"?
UH HUH
CON UNA PALLA DA GOLF?
IO USO SEMPRE UNA PALLA DA GOLF... SI HA UN'AZIONE MIGLIORE...
BEH, TI AUGURO UN BUON GIOCO...
LO SARA'...
USO LA PALLA CHE USANO TUTTI I PROFESSIONISTI PIU' PAGATI!
SCHULZ

MI SONO DECISO... OGGI MI PRESENTERO' ALLA RAGAZZINA COI CAPELLI ROSSI...
MI ALZERO', ANDRO' LA' DA LEI E MI PRESENTERO'...
MI ALZO... ADESSO VADO LA' DA LEI... MI ALZO... MI...
MI SIEDO!
SCHULZ

LINUS, FAMMI UN FAVORE...
VOGLIO CHE CERCHI ABILMENTE DI ATTACCARE DISCORSO CON LA RAGAZZINA COI CAPELLI ROSSI...
SENZA FARLE CAPIRE A COSA MIRI, CERCA DI SCOPRIRE SE MI HA MAI NOTATO O COSA PENSA DI ME... MA RICORDATI... SII ABILE... SII MOLTO ABILE...
L'HO FATTO, CHARLIE BROWN... SONO ANDATO DA LEI E LE HO DETTO TUTTO DI COME SEI PAZZAMENTE INNAMORATO DI LEI E...
AAUGH!!
SCHULZ

CARO BABBO NATALE,
ECCO UNA LISTA DI CIO' CHE VOGLIO.
COME CREDI CHE FACCIA BABBO NATALE A SOSTENERE LE SPESE DI TUTTI QUEI REGALI?
ATTIVITA' PROMOZIONALE! NON ILLUDERTI... OGGI TUTTO E' ATTIVITA' PROMOZIONALE!
SCOMMETTO CHE SE VENISSE FUORI LA VERITA', SCOPRIRESTI CHE E' FINANZIATO DA QUALCHE GRANDE CATENA COMMERCIALE!
SCHULZ

LUCY DICE CHE BABBO NATALE E' CONTROLLATO DA QUALCHE GROSSO GRUPPO FINANZIARIO...
NON CREDERLE... E' LA SOLITA STORIA CHE CIRCOLA TUTTI GLI ANNI A QUEST'EPOCA...
CREDI A ME... E' PULITO!
BLEAH!
SCHULZ

CARO BABBO NATALE,
TI SCRIVO PER CONTO DEL MIO CANE, SNOOPY. E' UN BUON CANE.
INFATTI, SCOMMETTO CHE SE UNA DELLE TUE RENNE SI AMMALASSE, SNOOPY LA SOSTITUIREBBE E AIUTEREBBE A TIRARE LA TUA SLITTA.
AHEM!
BEH, MAGARI NO. MA RESTA UN BUON CANE SOTTO MOLTI ASPETTI.
MAMMA MIA!
SCHULZ

LUNEDI' E' IL COMPLEANNO DI BEETHOVEN!
BUON DIVERTIMENTO!
SCHULZ

SBRIGATI, FAREMO TARDI A SCUOLA...
TI SEI LAVATO LE MANI? FAMMI VEDERE LE UNGHIE...
SONO **PULITE**! COS'HAI USATO PER AVERE LE UNGHIE COSI' PULITE?
DENTIFRICIO!
SCHULZ

MAMMA MIA, HO PRESO SOLO 8 IN ORTOGRAFIA!
COSA C'E' DI MALE? NESSUNO PRETENDE CHE TU PRENDA SEMPRE 10...
QUESTO LO DICI **TU**!
LA GENTE PRETENDE SEMPRE DI PIU' DA CHI HA I RICCIOLI NATURALI!
SCHULZ

SONO PREOCCUPATA PER UN BAMBINO CHE SIEDE DAVANTI A ME A SCUOLA...
TUTTI I GIORNI PIANGE... OGGI POMERIGGIO HO CERCATO DI AIUTARLO... GLI HO RIFILATO UN PESTONE SUL BRACCIO...
GLI HAI RIFILATO UN PESTONE SUL BRACCIO?!
CREDO CHE SIA SERVITO...
NON C'E' NIENTE COME UN PO' DI DOLORE FISICO PER DISTRARRE LA MENTE DAI PROPRI PROBLEMI EMOTIVI...
SCHULZ

HA PIANTO ANCORA OGGI IL BAMBINO CHE SIEDE DAVANTI A TE A SCUOLA?
PIANGE TUTTI I GIORNI! HA TUTTE LE PICCOLE PAURE DELL'INFANZIA... PAURA DI ARRIVARE IN RITARDO, PAURA DELLA MAESTRA E PAURA DEL PRESIDE...
PAURA DI NON SAPERE IN CHE AULA ENTRARE, PAURA DI DIMENTICARE LA COLAZIONE, PAURA DEI BAMBINI PIU' GRANDI, PAURA DI ESSERE INTERROGATO...
PAURA DI PERDERE L'AUTOBUS, PAURA DI NON SAPERE QUANDO SCENDERE DALL'AUTOBUS, PAURA DI...
MAMMA MIA!
SCHULZ

OGGI E' VENUTA IN CLASSE UNA SIGNORA DEL PATRONATO...
TI HO ISCRITTO VOLONTARIO PER CANTARE "JINGLE BELLS" ALLA RECITA DI NATALE...
MI HAI COSA?
NON SO CANTARE! LO SAI! NON SONO MAI STATO CAPACE DI CANTARE!
IMPARA!
SCHULZ

LUCY MI HA ISCRITTO VOLONTARIO PER CANTARE "JINGLE BELLS" ALLA RECITA DI NATALE...
NON POSSO CANTARE IN PUBBLICO! CANTO IN MODO ORRIBILE! NON HO MAI SAPUTO CANTARE!
NON PREOCCUPARTI... NEL SALMO 98 SI LEGGE : "EMETTI UN SUONO DI GIOIA INNANZI AL SIGNORE"
QUESTA E' LA SCUOLA!!
SCHULZ

HO SISTEMATO TUTTO...
INVECE DI CANTARE, SNOOPY E IO CI ESIBIREMO NEL "JINGLE BELLS TWIST"...
E INVECE NO!
IO SO QUANDO E' ORA DI ANDARMENE...
SCHULZ

LO SAI COME SI ROVINANO LE VACANZE DI NATALE A UN BAMBINO?
LO SI FA PARTECIPARE A UNA RECITA! GLI SI DICE CHE DOVRA' CANTARE "JINGLE BELLS" DI FRONTE A TUTTA LA COMUNITA' SCOLASTICA!
ECCO COME SI ROVINANO LE VACANZE DI NATALE A UN BAMBINO!!!
SCHULZ

FAMMI GLI AUGURI, CHARLIE BROWN...
SONO DIRETTO ALLA RECITA SCOLASTICA DI NATALE... CANTERO' "JINGLE BELLS"...
BUONA FORTUNA...
"IN BOCCA AL LUPO!"
SCHULZ

IL PROSSIMO NUMERO DEL PROGRAMMA E' LINUS VAN PELT, CHE CANTERA' "JINGLE BELLS"...
PRIMA DI INIZIARE, VORREI DIRE QUALCHE PAROLA SU COME LE RECITE DI QUESTO TIPO POSSANO ROVINARE LE VACANZE DI NATALE A UN BAMBINO PROVOCANDOGLI ANSIE E TENSIONI CHE...
CANTA, DISGRAZIATO!
JINGLE BELLS JINGLE BELLS JINGLE ALL THE WAY..
SCHULZ

CREDEVI DI POTER FARE IL FURBO, EH?
CREDEVI DI POTER VENIR FUORI DAVANTI A TUTTI E INFILARCI UN SERMONCINO, EH?
ASPRO E' IL TUO DIRE IN QUESTO SANTO GIORNO!
Merry Christmas!
SCHULZ

ADESSO CHE NATALE E' PASSATO, PARE CHE STIANO PROGETTANDO UNA RECITA DI CAPODANNO...
GLI SERVE UN BAMBINO CHE FACCIA LA PARTE DELL'ANNO NUOVO
COMPIANGO QUEL POVERETTO, CHIUNQUE SIA...
NON LO SAI ANCORA?
OH, NO!
SCHULZ

AUGHHGHGH
GHHGAUGHH
FORSE NON AVRESTI DOVUTO ISCRIVERLO A UN'ALTRA RECITA COSI' PRESTO...
E'UN PENSIERO CHE NON MI HA NEANCHE SFIORATO...
AUGH!
SCHULZ

E' COLPA TUA, SAI...
PRIMA L'HAI ISCRITTO A UNA RECITA SCOLASTICA DI NATALE E, VISTO CHE E' SOPRAVVISSUTO, L'HAI SUBITO ISCRITTO ALLA RECITA DI CAPODANNO!
E' COLPA TUA SE E'SU QUEL-L'ALBERO... NON PUOI ALMENO DIRGLI QUALCOSA?
DEFICIENTE!
SCHULZ

NON SCENDERO' FINCHE' LA RECITA DI CAPODANNO NON SIA PASSATA!
MI RIFIUTO DI SALTELLARE SU UN PALCOSCENICO PORTANDO UNA BANDIERA CON LA SCRITTA "1964"! DEVI PIANTARLA DI ISCRIVERE VOLONTARIO **ME** A TUTTO!
SALUTA IL PAPA' E LA MAMMA
SCHULZ

LA MIA COPERTA! COME SEI GENTILE, CHARLIE BROWN!
TE L'HO PORTATA PER MOSTRARTI CHE SONO SOLIDALE CON TE...
CON LA MIA COPERTA IN PUGNO E LA SOLIDARIETA' DEI MIEI AMICI, NON POSSO FALLIRE!
KLUNK!
SCHULZ

A CHI DI DOVERE, SCRIVO CON RIFERIMENTO AI GIORNI BELLI.
NE VOGLIO TRECENTOSESSANTA-CINQUE
SE VUOI DEI BEI GIORNI, LA COSA MIGLIORE E' ORDINARLI A UN ANNO PER VOLTA!
SCHULZ

US MAIL
ECCO! HO SPEDITO IL MIO ORDINE PER 365 GIORNI BELLI...
PER "BELLI", NATURALMENTE, INTENDO BELLI PER **ME**!
QUESTA E' GRANDE! SI E' COMPRATA L'INTERO ANNO IN ANTICIPO!
SCHULZ

COSA DIAVOLO E' QUELLO?
E' UNA LUCCIOLA
CREDEVO CHE FOSSE UNA MASCHERA!
SCHULZ

TIENI... BUON COMPLEANNO DI BEETHOVEN!
OH, GRAZIE!
QUESTO E' UN RITRATTO DI JOHANN STRAUSS...
LO SO... AVEVANO ESAURITO QUELLI DI BEETHOVEN...
FA DIFFERENZA?
SCHULZ

SANTO CIELO! NATALE E' PASSATO DA UN MESE...
E PERCHE' CONTINUANO A DARMI PANETTONE?
SCHULZ

DOMANI E' SAN VALENTINO...
TU MI DARAI UNA VALENTINA ?
NON LO FACCIO MAI... COSA TI FA PENSARE CHE QUEST'ANNO TE NE DARO'UNA ?
SPERANZA!!
SCHULZ

NON SAREBBE MAGNIFICO SE DOMANI LA RAGAZZINA COI CAPELLI ROSSI MI DESSE UNA VALENTINA?
PENSA SE VENISSE QUI DA ME E MI PORGESSE UNA GRANDE VALENTINA TUTTA DECORATA E COL BORDO DI PIZZO!
PENSA SE MI DICESSE: "CARISSIMO CHARLIE BROWN, VUOI ESSERE IL MIO VALENTINO? VUOI? VUOI? VUOI?"
E' MEGLIO CHE RIENTRI... CREDO DI STARE PER CROLLARE
SCHULZ

ECCO LA RAGAZZINA COI CAPELLI ROSSI... STA DISTRIBUENDO VALENTINE...
LE DISTRIBUISCE A TUTTI I SUOI AMICI... LE DISTRIBUISCE UNA PER UNA... LE STA DISTRIBUENDO... CONTINUA A DISTRIBUIRLE...
ADESSO HA FINITO... QUELLA ERA L'ULTIMA... ADESSO SE NE VA VIA...
BUON SAN VALENTINO!
SCHULZ

SE PENSI DI CHIEDERMI SE HO RICEVUTO UN MUCCHIO DI VALENTINE, LA RISPOSTA E' NO!
MI SENTI? NO!! CIO' SIGNIFICA CHE NON NE HO RICEVUTA NESSUNA! NIENTE! NEANCHE UNA!
LA RISPOSTA E' NO! NEANCHE UNA SOLA DI NUMERO! NESSUNA! NESSUNA! NESSUNA!
NON PENSAVO DI CHIEDERTELO!
SCHULZ

COSA C'E' CHE NON VA, CHARLIE BROWN? STAI RALLENTANDO!
MI FA MALE IL BRACCIO...
DI GIA'? E' SOLO LA PRIMA PARTITA DELLA STAGIONE! NON PUO' GIA' FARTI MALE IL BRACCIO!
SCORDATI DEL BRACCIO... L'UNICA COSA CHE CONTA E' VINCERE!
VINCERE! VINCERE! VINCERE!
SCHULZ

TI FA MALE IL BRACCIO, CHARLIE BROWN?
MI FA MORIRE, MA DEVO ANDARE AVANTI A LANCIARE!
IO NON ABBANDONO! PREFERIREI FARMI CASCARE IL BRACCIO, PIUTTOSTO CHE ABBANDONARE!
TI CAPISCO... E' COSI' CHE SI COMPORTAVA SEMPRE BEETHOVEN...
COM'E' CHE SI INFILA SEMPRE BEETHOVEN IN QUESTI DISCORSI?
SCHULZ

NON PUO' CONTINUARE... GLI FA MALE IL BRACCIO!
SCORDATI IL DOLORE, CHARLIE BROWN... CONTINUA CON QUEI LANCI CURVI!
FORSE HA LA BORSITE
MAGARI UNA PUNTURA DI CORTISONE?
SCORDATI IL DOLORE! LANCIA FRA LE LACRIME!
NON PUO' LANCIARE SE GLI FA MALE!
MEGLIO CHE VAI A CASA, CHARLIE BROWN...
RIPETO, SCORDATI IL DOLORE! IMPARA A TRIONFARE SULLE AVVERSITA'!
VAI DAL MEDICO, CHARLIE BROWN...
DIGLI DI DARTI UN PO' DI CORTISONE
DOVEVA LANCIARE FRA LE LACRIME!
SCHULZ

X-RAY ROOM
IO?
X-RAY ROOM
DI COLPO IL MIO BRACCIO VA MEGLIO! VEDE? RIESCO A STENDERLO E (OUCH!) CREDO CHE VADA MEGLIO... MI SENTO...
SIGH
X-RAY ROOM
SCHULZ

BEH, HO SCOPERTO COS'HA IL MIO BRACCIO CHE NON VA...
HO IL "GOMITO AGONISTICO"!
HAI COSA?
IL "GOMITO AGONISTICO"
UN GIOCATORE SCARSO COME TE?!
SCHULZ

VENGO SEMPRE UMILIATO!
QUANDO SI FA MALE UN GIOCATORE DI PRIMA DIVISIONE, C'E' UN MEDICO CHE SI PRECIPITA IN CAMPO A SOCCORRERLO
A ME COSA SUCCEDE?
A ME TOCCA ANDARE DAL PEDIATRA!
SCHULZ

IL MEDICO DICE CHE HO IL "GOMITO AGONISTICO"
E' PROVOCATO DALLO SFORZO DI LANCIARE TROPPO FORTE SENZA ESSERE BEN SCALDATI
LA RADIOGRAFIA HA RIVELATO DISTACCO E FRAMMENTAZIONE DELL'EPIFISI DELL'EPICONDILO MEDIALE DESTRO CON ALTERAZIONE DEI TESSUTI INTORNO AL GOMITO E SOSPETTO DI EMATOMA
IO CREDO CHE IL MEDICO ABBIA SOLO CERCATO DI DIRTI CON BELLE MANIERE CHE SEI UN PITCHER SCARSO!
SCHULZ

NON HAI **NESSUNA** SOLIDARIETA', VERO?
MI SONO RIDOTTO COL BRACCIO AL COLLO A FORZA DI LANCIARE PER LA NOSTRA SQUADRA E TUTTO QUELLO CHE SAI FARE TU SONO DEI SARCASMI!
MI DISPIACE, CHARLIE BROWN...
VUOI CHE TI BACI?
SPARISCI DI QUI
SCHULZ

OKAY, LINUS... PER UN PO' DOVRAI ESSERE TU A LANCIARE...
NON VOGLIO CHE VENGA ANCHE A TE IL "GOMITO AGONISTICO", QUINDI SCALDATI LENTAMENTE... LANCIA PIANO E IN SCIOLTEZZA... E ASSOLUTAMENTE NIENTE PALLE CURVE!
COSA FACCIO CON LA MIA COPERTA?
TE LA TENGO IO
SEI UN BUON CAPITANO, CHARLIE BROWN!
SCHULZ

VORREI SCRIVERE UN OPUSCOLO O QUALCOSA DEL GENERE...
VORREI DIRE A OGNI BAMBINO CHE GIOCA A BASEBALL COME EVITARE IL "GOMITO AGONISTICO"... E VORREI DIRLO SPECIALMENTE AI LORO CAPITANI E ALLENATORI ADULTI
I BAMBINI DELLA NOSTRA ETA' O ANCHE PIU' GRANDI NON SONO ABBASTANZA SVILUPPATI PER LANCIARE CON FORZA UNA PALLA UN INNING DOPO L'ALTRO...
FORSE E' QUESTO IL GUAIO... I NOSTRI INNING SONO TROPPO LUNGHI!
SCHULZ

TERZA PALLA
LINUS HA FATTO CENTRO!
CASPITA, AVREMMO DOVUTO METTERE TE A LANCIARE MOLTO TEMPO PRIMA! ADESSO FORSE POSSIAMO COMINCIARE A VINCERE QUALCHE PARTITA!
OH... SALVE!
SISSIGNORE! CHE DIFFERENZA! AVREMMO DOVUTO METTERE TE A LANCIARE ANNI FA!
SIGH!
SCHULZ

CARO AMICO-DI-MATITA, QUESTO E' IL PRIMO GIORNO CHE NON HO PIU' IL BRACCIO AL COLLO.
HO SOFFERTO DI "GOMITO AGONISTICO".
E' STATO MOLTO DOLOROSO.
PER ME, CIOE'! NON PER LA MIA SQUADRA!!!
SCHULZ

COSA TI E' SUCCESSO AL BRACCIO? NON L'HAI PIU' AL COLLO!
OH, GIA', QUANDO UNO HA IL "GOMITO AGONISTICO" PORTA IL BRACCIO AL COLLO SOLO PER UN BREVE PERIODO...
NON MI DIRAI CHE SEI PRONTO PER TORNARE A LANCIARE?
OH, NO... NON ANCORA PER UN PO'!..
WOW! PER UN MOMENTO MI HAI FATTA DAVVERO SPAVENTARE!
SCHULZ

MI SENTO IN COLPA, CHARLIE BROWN...
NON VOGLIO FARE L'EROE A TUE SPESE... SE TU NON AVESSI AVUTO IL "GOMITO AGONISTICO", NON AVREI MAI LANCIATO!
NON IMPORTA... L'UNICA COSA CHE CONTA E' LA SQUADRA... LA SQUADRA E' TUTTO!
NATURALMENTE, SE VUOI SENTIRTI UN **POCHINO** COLPEVOLE, FAI PURE
SCHULZ

SAI COSA DOVRESTE FARE TU E SNOOPY?
DOVRESTE SEGUIRE UN CORSO DI ADDESTRAMENTO
PERCHE' DOVREMMO SEGUIRE UN CORSO DI ADDESTRAMENTO?
FA GIA' TUTTO QUELLO CHE VOGLIO!
SCHULZ

COME VA IL BRACCIO, CHARLIE BROWN?
OH, VA MEGLIO, GRAZIE... PARE CHE MIGLIORI OGNI GIORNO...
TI RENDI CONTO CHE, DA QUANDO HAI SMESSO DI LANCIARE, NON ABBIAMO PERSO UNA PARTITA?
SI', ME NE RENDO CONTO...
COME VA IL BRACCIO, CHARLIE BROWN?
SCHULZ

GIOCHI OGGI, CHARLIE BROWN?
NO. IL BRACCIO NON E' ANCORA PROPRIO A POSTO
PERO' PENSAVO DI STARE A GUARDARE... MAGARI POTREI ENTRARE AL POSTO DI QUALCUNO...
NON AL MIO POSTO!
BEH, MAGARI STARO' A GUARDARE...
SCHULZ

VI HO RIUNITI OGGI PER INFORMARVI CHE IL MIO BRACCIO VA MEGLIO...
IN EFFETTI, CREDO DI ESSERE PRONTO PER RIPRENDERE A LANCIARE E...
CIO' E' NOTO COME LA "RESTITUZIONE DELLA DIVISA"!
SCHULZ

VA BENE, SE LA MIA SQUADRA NON VUOLE PIU' CHE LANCI, GIOCHERO' IN TERZA BASE...
IL PEGGIO CHE PUO' CAPITARE QUI E' CHE ARRIVI...
POW
...QUALCHE PALLA TESA OGNI TANTO!
SCHULZ

LA VITA DI UN CANE NON E' MALE, DIREI...
IN GENERALE, CE LA PASSIAMO BENE...
SOLO OGNI TANTO MI SENTO UN PO' TRASCURATO
NESSUNO MI PORTA MAI THE E BISCOTTI PRIMA DI ANDARE A LETTO
SCHULZ

LUCY, LA PROSSIMA A BATTERE SEI TU... ECCO COSA DEVI FARE...
LA SITUAZIONE RICHIEDE PRUDENZA... ORA, LORO SANNO CHE NOI LO SAPPIAMO... MA NOI SAPPIAMO CHE LORO SANNO CHE NOI SAPPIAMO...
MA PUO' ANCHE DARSI CHE LORO SAPPIANO CHE NOI SAPPIAMO CHE LORO SANNO CHE NOI SAPPIAMO... QUINDI...
RICOMINCIA...
SCHULZ

CHARLIE BROWN, LA RAGAZZINA COI CAPELLI ROSSI VUOLE CHE TU VADA LA' A FAR COLAZIONE CON LEI...
PESCE D'APRILE!
SCHULZ

NON VOGLIO UN'ALTRA INIEZIONE ANTIRABBICA!
SCHULZ

SIAMO DUE COMPAGNI DI MALE-AL-BRACCIO, CI HAI PENSATO?
TU HAI AVUTO UN'INIEZIONE ANTIRABBICA E IO HO AVUTO IL "GOMITO AGONISTICO"... E' BUFFO, NO?
FORSE NON LO E'...
SCHULZ

MI DISPIACE PER QUELL'INIEZIONE, MA E' LA LEGGE, LO SAI...
MI HANNO INTERPELLATO PER FARE LA LEGGE? NO! PER ME QUESTA E' VACCINAZIONE SENZA RAPPRESENTANZA!
PER ME E'...
OOOO...IL MIO BRACCIO!

"RABBIA... MALATTIA INFETTIVA DA VIRUS DEL SISTEMA NERVOSO CENTRALE NEI CANI"
NON DOVRESTI FAR TANTE STORIE PER QUELL'INIEZIONE... DOVRESTI ESSERE **RICONOSCENTE**!
BEH, SE **NON** SEI RICONOSCENTE, **DOVRESTI** ESSERLO!!
COSI' VA MEGLIO!
SCHULZ

HAI COMPRATO UN REGALO A SNOOPY?
BEH, QUELL'INIEZIONE ANTIRABBICA E' STATA PER LUI UN'ESPERIENZA SCONVOLGENTE, COSI' HO PENSATO CHE UN REGALO POTESSE TIRARLO SU...
INOLTRE, E' UNA COSA CHE HA SEMPRE DESIDERATO...
SCHULZ

MIO PADRE ULTIMAMENTE HA LETTO E STUDIATO MOLTISSIMO
HA STUDIATO TEOLOGIA, STORIA, SCIENZE POLITICHE, COMUNICAZIONI... E' MOLTO INTERESSATO ALL'INCAPACITA' DELL'UOMO DI RAGGIUNGERE UNA VERA UNITA'...
E TUTTO QUESTO LEGGERE E STUDIARE GLI E' SERVITO?
OH, SI'...
GLI HA DISTRATTO LA MENTE DAL BOWLING!
SCHULZ

DEVO AVER FATTO UNA CERTA IMPRESSIONE ALLA MIA MAESTRA DI PIANO...
CERCO DI FARLE DELLE DOMANDE PERCHE' VEDA CHE MI INTERESSO
CHE TIPO DI DOMANDE?
LE HO CHIESTO SE AVEVA MAI SENTITO NOMINARE BEETHOVEN...
SCHULZ

ECCO! L'HO SUONATA DAL PRINCIPIO ALLA FINE SENZA UN SOLO ERRORE!
FORTUNA!
SCHULZ

COME DEVO LANCIARE A QUEL-LO LA', CHARLIE BROWN?
BUTTA LA PALLA E POI NASCONDITI DIETRO LA PEDANA
POW!
E' STATO UN BUON CONSIGLIO!
SCHULZ

LINUS! LA MAMMA DICE DI RIENTRARE A LAVARTI PER LA CENA!
SANTO CIELO! CHE GIOCO AVETE FATTO?
TOCCATA E FUGA!
SCHULZ

BONK!
CHIUNQUE AVREBBE CAPITO CHE NON ERA PRUDENTE STAR LI'!
SCHULZ

LA NOSTRA MAESTRA, MISS OTHMAR, OGGI E' RIMASTA A CASA...
IERI DOVEVAMO PORTARE LE BUSTE COI SOLDI PER IL LATTE, PER LA FOTOGRAFIA DELLA CLASSE, PER IL PATRONATO E PER I PANINI IMBOTTITI...
TRENTA BAMBINI CHE PORTANO QUATTRO BUSTE CIASCUNO FA CENTOVENTI BUSTE... POVERA MISS OTHMAR...
E' CROLLATA... HA PERSO COMPLETAMENTE LA BUSTA!
SCHULZ

CARA MISS OTHMAR, SPERO CHE SI SENTA MEGLIO.
NON LA BIASIMO PER AVER PERSO LA CALMA L'ALTRO GIORNO.
ERA UNO SPETTACOLO VEDERLA CORRERE PER L'ATRIO URLANDO E BUTTANDO IN GIRO TUTTE QUELLE BUSTE.
SI RIPOSI. NON SI PREOCCUPI PER NOI. IL SUO ALLIEVO, LINUS
SCHULZ

MISS OTHMAR E' TORNATA A SCUOLA OGGI, MA NON HA RESISTITO MOLTO...
SETTE BAMBINI AVEVANO BUSTE CON GIUSTIFICAZIONI DI ASSENZA...
ALTRI VENTOTTO HANNO RIPORTATO AVVISI DI VACCINAZIONE FIRMATI DAI GENITORI... POVERA MISS OTHMAR...
PER LA PRIMA VOLTA HO VISTO UNA MAESTRA ARRAMPICARSI STRISCIANDO SU PER LA LAVAGNA!
SCHULZ

MA GUARDA UN PO'!
SUPPONGO CHE BISOGNERA' CHE STIA ATTENTO
GUARDA QUA...
SONO L'UNICO AL MONDO CHE ABBIA PRESO UNA NOTA DI BIASIMO PER IL MODO DI FAR COLAZIONE!
SCHULZ

E' L'UNDICESIMO BATTITORE CHE FAI PASSARE, CHARLIE BROWN...
SE PENSI DI FARNE PASSARE QUALCUN ALTRO, PERCHE' IO NON CORRO A CASA A FARE UN PO' DI SANDWICH? VOGLIO DIRE CHE TANTO LA' A CENTROCAMPO NON STO FACENDO NIENTE E...
SPARISCI DI QUI!
I PITCHER NON LI CAPISCO... SI RIFIUTANO ASSOLUTAMENTE DI ACCETTARE SUGGERIMENTI DAGLI ESTERNI!
SCHULZ

E' SOLO UNA PICCOLA BOTTA... PENSO CHE PASSERA' SUBITO...
SE CREDO CHE PIOVERA'? NO, NE DUBITO... QUELLE NON MI SEMBRANO NUVOLE DA PIOGGIA...
LA CENA? OH, SI'... PENSO CHE AVREMO FINITO MOLTO PRIMA DELL'ORA DI CENA...
FRA UNA PALLA E L'ALTRA, OGNI TANTO MI TOCCA LANCIARE QUALCHE RISPOSTA!
SCHULZ

HEY, CAPITANO, UN MOMENTO! HO UNA DOMANDA...
HO LETTO DI QUELLO STADIO DI BASEBALL CHE HA L'ERBA DI PLASTICA... COME MAI **NOI** NON ABBIAMO L'ERBA DI PLASTICA?
A STARE QUI COSI' ALL'ESTREMA, TI VIENE IN MENTE UNA QUANTITA' DI DOMANDE
SCHULZ

ANNO
BUON
NUOVO
ROWF!
BUON
ANNO
NUOVO
SCHULZ

MISS OTHMAR?
SLURP SLURP
MI STAVO CHIEDENDO SE NON VOLESSE ATTRIBUIRE LA NOSTRA CATTIVA CONDOTTA DI POCO FA A UN'INCONSCIA ESPLOSIONE DI GIOIA PER AVERE UN'INSEGNANTE DEL SUO VALORE
OH...
MISS OTHMAR NON E' MAI TANTO PER LE ATTRIBUZIONI...
SLURP SLURP
SCHULZ

COS'E' LA CANICOLA?
I GIORNI DELLA CANICOLA SI CALCOLANO DAL SORGERE DI SIRIO, NELLA COSTELLAZIONE DEL CANE. COMINCIANO INTORNO AL 3 LUGLIO E FINISCONO INTORNO ALL'11 AGOSTO
C'ERA CHI CREDEVA CHE LA CANICOLA SI CHIAMASSE COSI' PERCHE' DURANTE IL CALDO AI CANI VIENE LA RABBIA, MA NATURALMENTE NON E' VERO
SONO SALVO
SCHULZ

SPLASH
FOGLIASH!
"FOGLIASH"?!!
SCHULZ

CREDEVO CHE AVRESTI SUPERATO FACILMENTE QUEL-LA TUA DELUSIONE AMOROSA, MA IN-VECE NO, EH?
TI SEI COMPLETAMENTE LASCIATO ANDARE... TI DISTRUGGERAI... DEVI TROVARE UN MODO PER DIMENTICARLA!
D'ACCORDO, LA DIMENTICHERO' NEL SOLO MODO CHE CONOSCO...
MANGIANDO!!
SCHULZ

DICI CHE SNOOPY MANGIA PER DIMENTICARE IL SUO AMORE INFELICE ?
HA L'ARIA DI UNA BUONA IDEA
HA I SUOI SVANTAGGI
SCHULZ

CHE GIORNATA PER LA CACCIA AI CONIGLI !
FORZA, SNOOPY... E' UNA MAGNIFICA GIORNATA PER LA CACCIA AI CONIGLI !
DÀI, AVANTI ! ANDIAMO !
SARA' MEGLIO CHE SIANO CONIGLI ALQUANTO LENTI...
SCHULZ

DEVO CONTINUARE A MANGIARE...
E' IL SOLO MODO CHE CONOSCO PER DIMENTICARLA...
DEVO ANDARE AVANTI A MANGIARE FINCHE' AVRO' DIMENTICATO QUELLA "COME-SI-CHIAMA"!
CE L'HO FATTA! L'HO DIMENTICATA!
SCHULZ

DEVO ESSERE STATO PAZZO PER INNAMO-RARMI!
CREDEVO DI POTERLA DIMENTICARE MANGIANDO, MA NON CI RIESCO...
NON LA DIMENTICHERO' MAI FINCHE' VIVO... CHE VITA... CERCHI UN PO' DI FELICITA', E COSA OTTIENI?
QUALCHE RICORDO E UNA PANCIA!
SCHULZ

DUNQUE, SNOOPY, SIAMO ALLA FINE DEL NONO INNING... CI SERVE UN RUN PER PAREGGIARE...
DEVI SALIRE LASSU' CON DETERMINAZIONE DIGRIGNANDO I DENTI E ARRIVARE IN BASE! VEDIAMO COME DIGRIGNI I DENTI...
COSI' VA BENE... CONTINUA A DIGRIGNARE I DENTI E CE LA FARAI!
MI SENTO COME UN BUFFONE...
SCHULZ

GUARDA! SNOOPY CE L'HA FATTA! SIAMO ANCORA IN GIOCO!
BISOGNA AVERE DETERMINAZIONE E DIGRIGNARE I DENTI! ORA, LINUS, SALI LASSU' A BATTERE ANCHE TU... VEDIAMO COME DIGRIGNI I DENTI...
GRANDE! SE DIGRIGNI I DENTI, NON PUOI FALLIRE!
SE MI COLPISCONO IN BOCCA, POSSO FALLIRE SI'!
SCHULZ

GUARDA! ANCHE LINUS CE L'HA FATTA! LO SAPEVO CHE C'ERA ANCORA UNA SPERANZA!
SE DIGRIGNI I DENTI E MOSTRI VERA DETERMINAZIONE, HAI SEMPRE UNA POSSIBILITA'! TOCCA A TE, LUCY... VEDIAMO COME DIGRIGNI I DENTI...
FANTASTICO! SPAVENTERAI IL LORO PITCHER A MORTE! CONTINUA A DIGRIGNARE I DENTI E VAI A FARE UNA BATTUTA UTILE!
BATTUTA UTILE?! NON VEDO NEMMENO DOVE STO ANDANDO...
SCHULZ

LUCY HA DIGRIGNATO I DENTI E CE L'HA FATTA! LE BASI SONO OCCUPATE!
NON FA CHE DIMOSTRARE COSA SI PUO' OTTENERE DIGRIGNANDO I DENTI! CHI E' IL NOSTRO PROSSIMO EROE DIGRIGNATORE?
A CHI TOCCA? A CHI TOCCA?
A TE!
DIGRIGNA I DENTI, CHARLIE BROWN...
SCHULZ

PERCHE' DEVO SEMPRE ESSERE SU 10 QUANDO LE BASI SONO OCCUPATE?
FAI QUELLO CHE HAI DETTO A TUTTI GLI ALTRI... DIGRIGNA I DENTI E FAI UNA BATTUTA UTILE!
SU, CHARLIE BROWN... VEDIAMO COME DIGRIGNI I DENTI... COSI' SI FA...
MAMMA MIA!
CLICKETY CLICK CLICK CHATTER CHATTER
CLICKETY CLICK CLICK CLICK CHATTER
SCHULZ

PRIMA PALLA!
OOOOOO! DÀI, CHARLIE BROWN, COLPISCILA! PER UNA VOLTA IN VITA TUA, COLPISCILA!!
NON VORRESTI PER UNA VOLTA VEDERE CHARLIE BROWN COLPIRE LA PALLA?
NO...
NON SONO PREPARATO PER LA FINE DEL MONDO!
SCHULZ

SECONDA PALLA!
ADESSO DIGRIGNERO' I DENTI E RESISTERO'! SE UNO DIGRIGNA I DENTI E MOSTRA VERA DETERMINAZIONE, NON PUO' FALLIRE!
TERZA PALLA!
DEFICIENTE!
SCHULZ

MI SONO LASCIATO ELIMINARE E HO FATTO NAUFRAGARE LA MIA SQUADRA... NON VALGO NIENTE...
PROPRIO NIENTE... NON DOVREI NEANCHE TENTARE DI FARE QUALCOSA... NON SO FARE NIENTE... DOVREI RESTARE A LETTO PER IL RESTO DELLA MIA VITA E DORMIRE!
NON SO NEANCHE DORMIRE BENE!
SCHULZ

IL TUO GUAIO, CHARLIE BROWN, E' CHE VIVI DI MOTTI E DI LUOGHI COMUNI...
TU CREDEVI DAVVERO CHE DIGRIGNARE I DENTI TI AVREBBE AIUTATO A DIVENTARE UN EROE... BEH, CI VUOL ALTRO NELLA VITA CHE DIGRIGNARE SEMPLICEMENTE I DENTI...
CHARLIE BROWN, CAPISCI QUELLO CHE STO CERCANDO DI DIRTI?
FORSE NON LI HO DIGRIGNATI ABBASTANZA... FORSE SE IO...
SIGH!
SCHULZ

FORSE TU NON DOVRESTI FARE L'ALLENATORE-GIOCATORE, CHARLIE BROWN... FORSE DOVRESTI FARE L'ALLENATORE DI PANCHINA...
E' UNA BUONA IDEA... SARESTI UN GRANDE ALLENATORE DI PANCHINA, CHARLIE BROWN...
POTRESTI DIRE: "PANCHINA, FAI QUESTO! PANCHINA FAI QUELLO!" POTRESTI ANCHE COMANDARE DOVE DOBBIAMO METTERE LA PANCHINA...
QUANDO LA SQUADRA ARRIVA SUL CAMPO, TU POTRESTI DIRE: "METTIAMO LA PANCHINA QUI!", OPPURE: "METTIAMO LA PANCHINA LA'!"
NON LO SOPPORTO!
SCHULZ

CIRCOLA UNA VOCE CHE IO NON GIOCHERO' PIU'...
BEH, IO NON ABBANDONO IL BASEBALL SOLO PERCHE' HO FATTO QUALCHE SCIOCCHEZZA! SONO ANCORA IL CAPITANO DI QUESTA SQUADRA E COMANDO IO!
C'E' ANCORA ABBASTANZA TEMPO PER NOI IN QUESTA STAGIONE PER FARE UNA BUONA FIGURA, SE TUTTI DIGRIGNAMO I DENTI E...
SCHULZ

?
E' LA PRIMA NUVOLA CHE VEDO CHE ABBIA PAURA DELL'ALTEZZA!
SCHULZ

CHI HA MAI SENTITO DI UNA NUVOLA CHE HA PAURA DELL'ALTEZZA?!
VAI LASSU' CON LE ALTRE NUVOLE! COSI' SI FA! FAI VEDERE CHE NON HAI PAURA!
SOSPETTO CHE STARE LASSU' SIA PIUTTOSTO PAUROSO!
SCHULZ

MAMMA MIA! UN RAGNO!
SCHULZ

PLOP!
IL MONDO STA PER FINIRE!
SCHULZ

NON C'E' DUBBIO CHE I MIEI ANTENATI AVEVANO UNA VITA PIU' DIFFICILE DELLA MIA...
DOVEVANO CACCIARE PER PROCURARSI IL CIBO E LOTTARE PER LA SOPRAVVIVENZA...
OVVIAMENTE, IO DEVO VEDERMELA CON UN SACCO DI COSE CHE I MIEI ANTENATI NON SI SOGNAVANO NEMMENO!
SCHULZ

E' L'UNICO CANE CHE CONOSCO CHE SI PREOCCUPI DEL SUO TASSO DI COLESTEROLO!
SCHULZ

STANOTTE NON HO DORMITO TANTO BENE...
E E' STATA COLPA **TUA**! TU E I TUOI STUPIDI LATRATI!
LA COSA PEGGIORE E' CHE NON SI SA SE ABBAIA A UN GUFO, ALLA LUNA O A UN LADRO!
E' UNO DEGLI SVANTAGGI DI UN VOCABOLARIO LIMITATO!
SCHULZ

CI TENGO A FARTI SAPERE CHE SI SPENDONO TRECENTOCINQUANTA MILIONI DI DOLLARI ALL'ANNO IN CIBO PER CANI!
CHISSA' SE SONO COMPRESE LE MANCE?
SCHULZ

ECCO IL RISOLUTO SALMONE CHE NUOTA CONTROCORRENTE...
EGLI RISALE **BALZANDO** LE RAPIDE...
EGLI...
?
SCHULZ

WHEW E' TROPPO FATICOSO...
SE FOSSI UN SALMONE, CREDO CHE MI LIMITEREI A NUOTARE **SEGUENDO** LA CORRENTE!
SCHULZ

C'E' TEMPESTA SUL MARE!
LA VIOLENTA BUFERA SFERZA LA PIOGGIA SUL VOLTO DEL CAPITANO RITTO SUL PONTE!
NON TI PIACE IL TOCCO LEGGERO E DELICATO DI UNA PIOGGERELLA D'ESTATE?
SIGH
SCHULZ

AI VOSTRI POSTI! PRONTI! VIA!
Z
WUMP
SE DEVO SOGNARE, PREFERIREI SOGNARE QUALCOS'ALTRO CHE NON SIA IL NUOTO SUL DORSO!
SCHULZ

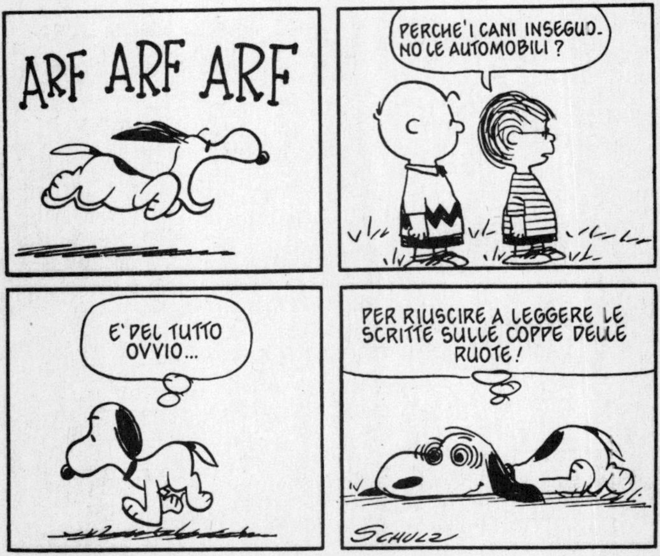
ARF ARF ARF
PERCHE' I CANI INSEGUONO LE AUTOMOBILI?
E' DEL TUTTO OVVIO...
PER RIUSCIRE A LEGGERE LE SCRITTE SULLE COPPE DELLE RUOTE!
SCHULZ

SIAMO RIMASTI SENZA CIBO PER CANI...TI VA UN PO' DI PANE E LATTE?
ARRABBIARSI NON SERVE
E NEANCHE PIANGERE...
D'ACCORDO, PORTA IL PANE E IL LATTE
SCHULZ

SANTO CIELO!
CHIUNQUE INDOSSI UNA PELLICCIA IN UNA GIORNATA COSI' CALDA DEV'ESSERE PAZZO!
ALCUNI PREFERISCONO SACRIFICARE LA COMODITA' ALL'ELEGANZA!
SCHULZ

LI HA LUI... LO SAPEVO CHE LI AVEVA LUI!
E' L'UNICO CHE ME LI PORTA SEMPRE VIA...
QUEL CANE MI FARA' IMPAZZIRE!
DICHIARO APERTA LA DISCUSSIONE SUGLI ARGOMENTI ALL'ORDINE DEL GIORNO!
SCHULZ

AH? AH? AH? AH?
ACHOO
SCHULZ

Z
SNOOPY
!
WHAM!
TETTO GHIACCIA-TO!
SCHULZ

COSA DIAVOLO STAI FACENDO?
FACCIO ESERCIZI CON GLI OCCHI... NON VOGLIO FINIRE A DOVER PORTARE GLI OCCHIALI COME TE...
IL MIO OCULISTA DICE CHE GLI ESERCIZI OCULARI NON ELIMINANO I DISTURBI DOVUTI A DIFETTI DI RIFRAZIONE
MI FA PIACERE SENTIRLO...NON CREDO CHE I MIEI BULBI OCU-LARI GRADIREBBERO LE FLES-SIONI!
SCHULZ

IL MIO ODIO PER I GATTI NON CONOSCE LIMITI!
SONO UNO CHE DETESTA I GATTI, CHE DISPREZZA I GATTI E CHE ABORRE I GATTI!
E CHE HA ANCHE UNA PAURA MORTALE DI LORO!
SNOOPY
SCHULZ

ECCOTI SERVITO, SNOOPY... ORA DI CENA!
E' BUFFO... DI SOLITO AI CAMERIERI **FA PIACERE** CHE I CLIENTI SIANO ENTUSIASTI!
SCHULZ

FORSE ODIO I GATTI PERCHE' IN REALTA' HO PAURA DI LORO...
FORSE IL MIO ODIO, LA MIA PAURA E I MIEI PREGIUDIZI MI IMPEDISCONO DI APPREZZARE UNA DELLE CREATURE PIU' INCANTEVOLI DI QUESTO MONDO
POTREBBE BENISSIMO ESSERE COSI'...
...MA NE DUBITO!
SCHULZ

ARF ARF ARF ARF ARF ARF ARF
SENTI! CREDI CHE SNOOPY ABBIA VISTO UN LADRO?
NO, QUESTO NON E' IL SUO "LATRATO DA LADRO"...
ARF ARF ARF ARF ARF
QUESTO E' IL SUO "LATRATO PER IL LATRATO"!
SCHULZ

NON TROVO LA TUA SCODELLA, SNOOPY...
? ?? ?
HO GUARDATO DAPPERTUTTO, MA NON LA TROVO PROPRIO... DOVRO' METTERE LA TUA CENA IN QUALCOS'ALTRO...
SNOOPY
OH, NO!
NON SONO MAI STATO TANTO IMBARAZZATO IN VITA MIA!
SCHULZ

PER FORTUNA SONO SANFORIZZATO!
SCHULZ

INQUILINI!
SCHULZ

!
SANTO CIELO! SONO NONNO!
SCHULZ

SIGH
Z Z
NOI NONNI RESTIAMO SEMPRE INCASTRATI A FARE DA BABY-SITTER!
SCHULZ

PRONTI PER LA PRIMA LEZIONE DI VOLO, RAGAZZI?
WHAM!
!
NON FATE COME FACCIO... FATE COME DICO!
SCHULZ

MAMMA MIA... COSA NON MI TOCCA PASSARE...
MI SENTO COSI' SCIOCCO...
SMACK
FINCHE' NON GLI DO IL BACIO DELLA BUONA NOTTE, NON SI ADDORMENTANO
Z
SCHULZ

OH, SANTO CIELO!
QUANDO GLI HAI RACCONTATO "HÄNSEL E GRETEL", "I TRE PORCELLINI" E "BIANCANEVE", COSA ALTRO C'E' DA RACCONTARE?
SCHULZ

?
!
NON DICONO MAI NEANCHE "ADDIO"
SCHULZ

COSA DOVREI DIRE?
GLI LASCIO FARE IL NIDO SUL TETTO DELLA MIA CASA, GLI FACCIO DA BABY-SITTER, DO UNA MANO PER INSEGNARE AI PICCOLI A VOLARE...
E POI, TUTTO A UN TRATTO, L'INTERA FAMIGLIA **SE NE VA**!! NIENTE RINGRAZIAMENTI... NIENTE SALUTI... **NIENTE!** GLI UCCELLI MI FANNO IMPAZZIRE!
E LA COSA PEGGIORE E' CHE LORO SANNO VOLARE, E IO NO!
SCHULZ

TERZA PALLA!

I tascabili di Charles M. Schulz

1. Il terzo libro di Charlie Brown (3ª edizione)
2. Povero Charlie Brown! (3ª edizione)
3. L'aquilone e Charlie Brown (4ª edizione)
4. Vita da cani, Charlie Brown! (3ª edizione)
5. È domenica, Charlie Brown! (4ª edizione)
6. Niente da fare, Charlie Brown! (3ª edizione)
7. Coraggio, Charlie Brown! (3ª edizione)
8. Siamo con te, Charlie Brown! (3ª edizione)
9. Come ti pare, Charlie Brown! (3ª edizione)
10. C'era una volta, Charlie Brown! (3ª edizione)
11. Buon Natale, Charlie Brown! (3ª edizione)
12. Il bracchetto è Charlie Brown! (3ª edizione)
13. Ti saluto, Charlie Brown! (3ª edizione)
14. Diavolo, Charlie Brown! (3ª edizione)
15. Si salvi chi può, Charlie Brown! (3ª edizione)
16. Non ci posso credere... Charlie Brown! (2ª edizione)
17. C'è ancora una cosa che non capisco,
    Charlie Brown! (2ª edizione)
18. Non puoi ritirarti, Charlie Brown! (3ª edizione)
19. Sigh... Charlie Brown! (3ª edizione)
20. Dove vai, Charlie Brown! (3ª edizione)
21. Hei, Charlie Brown! (3ª edizione)
22. Ho un problema, Charlie Brown! (3ª edizione)
23. Fuggi, Charlie Brown? (3ª edizione)
24. Grazie, Charlie Brown! (3ª edizione)

Stampato nel giugno 1999
per conto di Baldini&Castoldi
da «La Tipografica Varese S.p.A.»

422-6
1999